喜寿

曽根薫風句集

ふらんす堂

真っ直ぐな心念の人

曽根薫風氏は真摯な努力家です。

長らく教育に携わられ、その五十五年間は、俳句歴と同じだそうです。

平成二十五年、大阪鶴の会で初めてお会いした折、氏から「私は秋櫻子先生にお会いしています」と聞き、驚きました。岡山馬酔木会に属していた氏は、昭和四十七年岡山を訪れた秋櫻子の案内と運転を任されました。その折の秋櫻子の俳句は

吉備津宮附近

藺田しげり梅雨の蜻蛉のあまた飛ぶ　（句集『餘生』）

で、正《まさ》しく氏が藺田を眺める秋櫻子の後姿を見ていた折に詠んだ景です。

秋櫻子の死後「馬酔木」は分裂し、氏は幾つかの結社に属しましたが、一貫して「馬酔木」系でした。そして今「馬酔木」に。

消滅していた「岡山あしび会」を八年で復活した熱意と行動力に、深く感謝しています。

私の好きな句を挙げます。

久々に母と行く道桐咲けり
敦盛の笛見しあとの夕ざくら
顔見世の火照りを醒ます橋の上
筆塚の筆文字うるむ春の雨
冴返る刃文波打つ備前刀
川舟の棹の触れたるこぼれ萩

どちらも「馬酔木」本流の写生と抒情があります。中でも〈顔見世〉の句は意外でした。氏が歌舞伎の大向うで声を掛ける人であったとは。艶のある声は、詩吟で鍛え上げ、歌舞伎にも精通した賜なのですね。

知らなかった氏の一面を知り、興味深く思いました。

しかし私の特に印象に残る句は、牛の句。

牛の尻平手で叩き卒業す

桜ごち搾乳に律生まれけり

対象の牛への深い観察と愛情が見えます。氏の熱意が岡山に再び「馬酔木」の魂を築いて下さった事に感謝すると共に、力強さをいただきました。五十五年詠み続けてきた御自身の証が、益々充実することを願っております。

徳田千鶴子

令和五年十月　金木犀の香る日に

目次／喜寿

句集　喜寿

昭和編

（昭和四四年から）

一一二句

先生と呼ばれこそばゆ初桜

五歳しか違はぬ生徒山笑ふ

旅籠屋の離れが宿舎春ともし

新教師弐萬九仟八百圓

教頭の十八番は軍歌花見酒

校長と実習田の早苗取

訓告は士官の名残り梅雨寒し

東京が恋しくなりぬ五月闇

弟のやうな生徒と初泳ぎ

短夜や教材研究間に合はず

卓球の下手な顧問や汗みどろ

ボンネットバスを乗り継ぐ夏休

月の石観むと長蛇の炎天下

神技のごとき夜店の飴細工

片陰に憩ふ夫婦のちんどん屋

天高し宮本武蔵生誕地

自然薯の届く旅籠の厨口

宿直の鍵束鳴らす暮の秋

家庭科は女子のみ稲を刈る男子

父死すと泣く子の肩を抱く霜夜

寒冷地手当の付きし賞与かな

スキー板担ぎ生徒の登校す

制服のつくろひ清し卒業歌

雪靴を脱いで南へ転勤す

東雲やけふ干す藺草刈り終へて

秋櫻子先生とゆく藺田のみち

牛飼の手に笹百合のゆれてをり

麦蒔くや納屋より低き備前富士

春休見合写真をまた貰ひ

祝婚の友と新宿新酒酌む

新婚の旅はみちのく紅葉舟

秋深し二人でこけし選びけり

陽春の光を浴びて吾子生まる

義父の吊る蚊帳に川の字里帰

蛍籠寝息に和して灯りをり

姉おとと喧嘩疲れの昼寝顔

鞄投げ蝲蛄釣に消えし子よ

道草をとがむる妻へ青蜥蜴

秋うらら吾子は仔犬を諭しをり

定まりて子にひき渡す凧の糸

久々に母と行く道桐咲けり

手土産の新米母の荷に重し

医通ひを母に勧めぬ初しぐれ

冬菊や母に病のこと触れず

母逝けり七夕流す朝まだき

朝蛍見むと岸辺へ泣きにゆく

炎天の出棺母の茶碗割る

蟬しぐれ兄は寡黙に骨拾ふ

絽の喪服姉に長女の矜持あり
妹の汗と涙にもらひ泣き

母匂ふ陶枕かたく冷たくも

法号の母に馴染めず盆支度

初ざくら良寛堂の軒にふれ

春雨や白秋生家出でしより

花売の背籠は蝶を誘ひけり

蜩のこゑばかりなり尼寺の址

新涼や円陣を組む演劇部

助つ人の役者と秋の地区予選

菊日和高校生の劇に泣く

二ベル待つ舞台の袖の寒さかな

雲の峰万里の長城果て見えず

午睡後も車窓は深きバナナ苑

蛇ひさぐ髯の翁の広東語

中国茶馴染むも夏の休暇果つ

桃咲くやなべて吉備路の丘円か

花粉付け憩ふも桃の花の下

袋掛け了へし吉備野に光満つ

桃採りの東雲の丘登りけり

下足箱バレンタインの乙女立つ

キャンプの火囲みて星の物語

山小屋のラムネを浸す谿の水

天気図の前線消えぬまま大暑

雲の峰指先太き平和像

生徒らと汗して千羽鶴折りぬ

夏帽を脱ぐひめゆりの塔のガマ

秋高し鶴捧げもつ聖少女

紫陽花の藍の深さや木曽の雨

白樺に倚れば白馬の朝焼けぬ

馬追や合掌村に京ことば

合掌に次男部屋あり法師蟬

敦盛の笛見しあとの夕ざくら

浜木綿の咲くばかりなり磯の駅

海に向く十字の墓や秋のこゑ

銀山の坑道すたれ葛の花

成田屋に睨んでもらふ初芝居

出張の宴を抜けて夏芝居

秋桜の風にものの干す旅役者

近松座はね秋霖の夜となりぬ

番付を抱きて京の片しぐれ

顔見世の仁左も出前をとる店へ

菅笠をあげ顔見世の招き見る
顔見世や豊かに列をなして待ち

大向う掛け顔見世の客となる

南座を出で本物の雪にあふ

顔見世の火照りを醒ます橋の上

卒業期歌舞伎の魅力語りけり

菊日和施主の名記す地鎮祭

天高し大黒柱ひのきの香

建前の餅秋天に抛りけり

文化の日表札書いて貰ひけり

風無くも月に煌めく花辛夷

柚子の葉に揚羽静かに生まれけり

幽けくも月に花閉づ貴船菊

雨上がり架橋に掛かる瀬戸の月

薫風をはらみ練習船出づる

凪ぐ湖の鳰に乱るる水鏡

朝しぐれ傘かりて増す旅ごころ

風花や煌めく街の灯をかすめ

白梅や陶家の土塀くづほれて

磯畑の初蝶風に失せにけり

子連れ猪月夜の畦を渡りけり

瀬戸内に冬の雨降り昭和果つ

平成編

一一二句

注連作る明治生まれの父の技

平成と隷書の示す七日かな

若水の桶に日の差す岩の上

四十路過ぎ雑煮の味の定まれり

寒の水浴びてラガーの蘇へる

酒蔵の高窓開く梅日和

山笑ふ車掌ひとりの降りる駅

手洗も梅を活けたる無人駅

糸やなぎ倉敷川の石の橋

ロダン像蔦の若葉の門潜り

夏帽子受胎告知の画を仰ぐ

青梅雨や蔦の広場の灯のうるみ

犬好きは犬が知るてふ花菜風

猫遊ぶ昭和のままの島の春

置去りの子猫寄り添ふ函の中

小春日や仔犬に靴を齧られて

民宿はいつも三浦屋烏賊釣り灯

烏賊を干す白妙の先に伯耆富士

波高し納涼船の日本海

干蛸のまだ濡れてゐる秋の空

嫁ぐ子の飾り納となる雛

みどりさす三方に載る岩田帯

初電話胎児が腹を蹴るといふ

米国へ孫抱きにゆく夏休

熱帯夜左手ほどのハンバーグ

雑踏や摩天楼には夏の月

夢叶ふ真夏の夜のミュージカル

緑陰の木椅子に栗鼠と憩ひけり

柔らかき藁を褥に桃咲けり

名に遠く生きて五十路の畑を打つ

山鳩に始終を見られ薯を植う

初成りの胡瓜分け合ふことの幸

神名備の闇に紛るる紋黄蝶

全開の孔雀よろめく若葉風

石楠花や女人高野の通り雨

清水の戻りは雪の五条坂

節分の雪や板書の手を止めて

算盤の教室のぞく燕の子

画用紙に砂鉄のをどる夏休

火曜日のうさぎ当番夏休

緑陰や独りのダッシュ繰り返し

退学の手続き終ふる冬帽子

名を呼ばれ声を限りに卒園す

きっぱりと決意を述べて卒業す

新春や矮鶏の遊びぬ神の杜

凶引きて笑ふ外なし初詣

紅白のかき餅乾ぶ奥座敷

参道に小鈴のまろぶ七五三

甚平や父に戦の傷の痕

式典のはじめは祈り法師蟬

ひろしま忌市電の軋む橋の上

八月や語り継がねばならぬこと

豊作を尋ね白寿の父逝けり

萩の雨棺に父の傘をかけ

白秋や父の好みし書と読書

天高し父の怒声の記憶なし

七夕や考の手擦れの硯箱

栗ごはん戒名覚え難きもの

墓を訪ふのみの古里彼岸花

姉のみとなりし同胞枇杷の花

牛の尻平手で叩き卒業す

白南風や牛呼び戻す島ことば

突牛を少年継ぎぬ朱夏の島

少年の泳ぐを牛の待つてをり

牧場の果ては切岸青あらし
海霧の波馬風下にみな向けり

押切に刻む新藁香り立つ

新米の糠を飼葉に塗しけり

朝霧へジャージー牛を放ちけり

カウベルに続く一群れ花野風

牧場の夕べを鹿の群過ぎる

白樺の丸太一本牧を閉づ

朝寒や荷台に覗く牛の貌

秋深し畜魂祭に組む護摩木

初しぐれ鼻ぐり塚に灯の点り

寒昴発情の牛長啼けり

如月や垢離場に読経響動もせり

締込みに法印たまふ裸押

壱萬の裸どよめく会陽かな

山盛の米に宝木をさす会陽

手を打つて塩鱈競ぐ京の街

鰤市の粗塩桶に溢れけり

藁しべに吊す伯耆の凍豆腐

朝市や一尾おまけの活眼張

蔵元の土間の暗さや藪椿

白梅や弓道場の的の音

新藁に戻り鰹を炙りけり

水鏡の天守を乱す鴨の陣

花束を抱き船を待つ卒業子

渦潮のうづの弛ぶや昼の月

浜木綿や波止に始まる島の道

水軍の走り神輿に島沸きぬ

定年の窓開け放つ春の風
満開の花の学び舎退職す

新設の校歌仕上がる新樹の夜

記念樹の泰山木を囲みけり

鼠木戸くぐるや花の金丸座

俊寛の声のとどかぬ皐月闇

杜鵑草活くる日中書道展

諸人と手話の聖歌を斉唱す

春泥を来し往診の革の靴

酒好きの十三回忌遠蛙

手を握るだけの回診小六月

三回忌納屋に麦藁帽遺り

点滴に音色の欲しき十三夜

秋深し腸壁探る内視鏡

秋冷や若き主治医の白き指

寒昴告知希望に丸をする

早春の光編み込む竹細工

筆塚の筆文字うるむ春の雨

浮雲や暇に乾ぶ余り苗

開墾碑干大根に隠れけり

令和編

（令和五年まで）

一二〇句

鳴釜の神事のはじめ火吹竹

初春や白馬の歩む伊勢の杜

銘々の雑煮を語る国訛

元号は令和と決まる山桜

蔵元の貼る旧正の火伏札

冴返る刃文波打つ備前刀

塩を添へ土に戻しぬ針供養

脱藩のみち三椏の花明り

千年の桜をあふぐ人の黙

七軒の村千年のさくら守る

母衣打ちの雉の勇姿や棚田径

淡雪をのせる駱駝の長睫毛

もう一度オルゴール聴く雛納

万屋のおもて彩る種袋

三方を食み出す島の桜鯛

風光るサーカス団の来る広場

汽水湖の夕照もどる蜆舟

敷石となりし石臼春しぐれ

三月や消すには惜しき黒板絵

高塀の中の作業場つばめ来る

しんがりは子連れの羊牧開

春泥の道を牧舎へ急く獣医

春の雪牛の乳房を湯で拭ふ

桜ごち搾乳に律生まれけり

瀬戸の香を包む塩蒸し桜鯛
辻曲がるまで受験子を見送りぬ

不揃ひの巣箱に太くクラスの名

春遊仔山羊の頭突食らひけり

夕日さす山家の庭の翁草

春ともし浄土めきたる北御堂

店番は猫の子島の何でも屋

足摺や遍路に径を譲られて

うどん屋の傘立に措く遍路杖

白魚の光をすくふ長柄杓

恋すずめ夢二生家の藁ほつれ

草笛の少年ひとり列を逸れ

小面の江戸の装束みどりさす

薫風や天守をあふぐ舞囃子

二煎目の終の一滴まつ新茶

みちのくの空の深さや朴の花

手をつなぐことの安らぎ蛍の夜

糶に出す仔牛を繋ぐ余花の風

「囮鮎有り〼」峡の何でも屋

土辣韮砂丘の砂を零しけり

藁焼の鰹あら塩二三つぶ

薙刀を背に夏袴登校す

新品のまんまの形見更衣

通学路毛虫の過ぎるまでを観る

昼顔や砂丘の窪にある湿り

麦秋の風の中なる干拓碑

青あらし栗毛嘶く隠岐岬

牧場の舐塩へこむ炎天下

紫陽花や馬籠の宿の夕あかり

月涼し外湯に同じ宿の下駄

洛北の風のかをりぬ紫蘇畑

向日葵の咲く地平線常しへに

白南風や千石船の来し港

水攻の城址そびらに張る田水

首塚にはなれ胴塚梅雨の蝶

蒜山の噴井の風に憩ひけり

傾くも身じろぎもせぬ鉾の稚児

山鉾を曳く水干の若い衆

囃子方浴衣のおゐど迫り出せり
祭の夜胸奥去らぬこんちきちん

酒蔵の片陰つたひゆく伏見

浜風や土木現場の三尺寝

あぢさゐ忌百一年の風新た

高らかに水車奏づる青田道

青柿の礫や加賀の忍者寺

瑠璃びたき鉄鎖だのみの行者径

乾かして又濡れにゆく川鵜かな

夏の潮八歳の名の殉教碑

語り部は被爆二世や法師蟬

涼新たまだ鳴る妣の桐簞笥

名のみ知る姉の小さき墓洗ふ

盆座敷梁に明治の肖像画

稲妻や龍が目を剝く天井画

神名備のかなかな杜を深めけり

爽やかやや絹よりうすき鉋屑

涌き水の冷えを頂く大西瓜

秋高し奏でてみたき斜張橋

天高しクラーク像の指す未来

ほまち雨砂丘に秋の虹のこす

ポン菓子の弾くる広場鳳仙花

草木染金木犀の風に干す

川舟の棹の触れたるこぼれ萩

千振のちさき束干す山の寺

やはらかき小筆菊師の道具函

牧草のロール点々秋めけり

初産の迫る牧舎や望の月

新藁の束子で蹄洗ひけり

秋うらら牛の給水鼻で押す

荒縄に吊るす魔除けの唐辛子

夕星や早稲刈り終へし千枚田

秋澄めり錬士の放つ弓の音

鵙日和赤松を積む登り窯

岩鼻に立つ猟犬の四肢の張

猟犬の谺の奔るはは山

つの字まで曲がる大根漬け込みぬ

冬深し叩いて寝かす甕の味噌

冬耕の一打石火を放ちけり

坐禅堂茶の花垣の石畳

強霜や学僧の拭く長廊下

寒鯉の白磁に光る心字池

鴨川を境に京の片しぐれ

遠浅の海を蹴上ぐる寒稽古

朝影の綺羅を牡蠣船戻りけり

剽軽な鬼の大津絵冬ぬくし

高速艇鯨の海を過りけり

防人の裔の浦町まぐろ船

石蕗咲けり水平線に釜山の灯

冬つばき対馬山猫棲まふ森

拝殿の豆電球や神の留守

高窓を蒸気噴き出す寒造

心経の締めの法螺貝山眠る

冬の水打ちて護摩火を鎮めけり

青竹のかこむ八畳神楽の座

一笛に大蛇の猛る里神楽

蠟八会紙媒体の無き会議

虚弱児の喜寿を賜ひぬ冬至風呂

あとがき

初句集を自分史として編んだ。私の句歴は職歴と同じで、公立に三十八年、私学に十七年間お世話になったが、いよいよ来春完全に退職することになった。この五十五年の歩みを俳句で記してみたくなり、昭和編、平成編、令和編に区切り、昭和・平成は編年体で、令和は季節順に並べた。

私は、昭和二十一年十二月の冬至の日に生まれ、今年喜寿を迎えるので、句集名を「喜寿」とした。五人兄弟の中で最もひ弱で、成人は難しいのではないかと親は心配したらしいが、今は姉と二人だけになってしまった。

昭和四十四年、大学紛争の最中に卒業し、県北の高校に赴任。教科書で教えた秋櫻子俳句に憧れて「馬酔木」に投句した。「馬酔木」と「ホトトギス」は田舎の書店にも置いてあった。当時「馬酔木」は全没のある時代で、私は三ヶ月投句してやっと一句載ったのが〈雷去りて水面涼しき夕べかな〉である。一句掲載されただけで嬉しく欠かさず投句はしたが、句会には行かず独学であった。因みに昭和五十九年岡山馬酔木会が消滅するまでに、私が二句になったのは一度だけ。そんなものだと思っていたので、一句載るだけでも嬉しかった。

県南の高校に転勤してからは、職場に超結社の俳句仲間の会が出来て、有志で合同句集を作った。その合同句集や、二年に一度発刊され、今年で十七号がでる岡山県俳人協会の合同句集のお陰で、この句集を編纂することができた。

昭和五十九年の「馬酔木」の分裂で岡山馬酔木会は消えた。私は、「橡」から「沖」へ、さらに「燕巣」へ移ったが「燕巣」終刊に伴い、平成二十三年秋、再び「馬酔木」に戻った。ちょうど九十周年の年で、徳田千鶴子主宰誕生の年であった。結社を転々としたが、すべて馬酔木山脈の中・秋櫻子先生の掌の上でのことだった。そして「馬酔木」再入会から八年、念願の岡山あしび会を復活することが出来た。

平成二十五年大阪「鶴の会」に入会し、主宰に直接ご指導を受けるようになってから、馬酔木俳句の目指すところが少しずつわかってきたように思うが、まだまだ。主宰は優しくおおどか、秋櫻子先生のＤＮＡをしっかりお持ちだ。波郷に扇をもらったとさりげなくおっしゃったり、稲畑汀子氏から「出る杭は打たれるけど、出過ぎた杭は打たれないのよ」と励まされたことなど豪華なエピソードなども伺うことができる。その主宰から「薫風さん句集を出すときには言ってね。良い出版社を紹介してあげますから」と言われた。句集を出せと言わずに出版社を紹介された、この言葉に押され一世一代の句集を出す決心がついた。

人生は運と縁だとつくづく思う今日この頃、多くの人々に支えられ生きてきた。今後は特に、俳縁を大切にして、百二年へ踏み出した「馬酔木」に所属していることをありがたく思い、生ある限り馬酔木俳句の道を歩んでゆきたいと思う。

最後になりましたが、ご多忙の中序文を賜りました徳田千鶴子主宰には篤く御礼を申し上げます。また選句でお世話になった岡山あしび会の田中立花さん、そしてご先祖と家族に感謝致します。

令和五年十一月　喜寿近き日に

曽根薫風

著者略歴

曽根薫風（そね・くんぷう）本名・薫

昭和21年12月22日　岡山県・真庭市生まれ

昭和44年～昭和59年　「馬酔木」所属
昭和59年～平成６年　「橡」所属
平成６年～平成14年　「沖」所属
平成15年～平成22年　「燕巣」所属
平成21年　第44回岡山県文学選奨入選
平成22年　「馬酔木」再入会
平成26年　第58回馬酔木新樹賞
平成29年　馬酔木風雪同人
平成30年　岡山あしび会発足
令和４年　馬酔木当月同人

俳人協会幹事・岡山県支部顧問
朝日塾中等教育学校教育顧問
全国高等学校演劇協議会顧問

現住所　〒701-1205　岡山市北区佐山2202－7

句集　喜寿　きじゅ

二〇二三年一二月二二日　初版発行

著　者――曽根薫風
発行人――山岡喜美子
発行所――ふらんす堂
〒182-0002 東京都調布市仙川町一―一五―三八―二F
電　話――〇三（三三二六）九〇六一　FAX〇三（三三二六）六九一九
ホームページ http://furansudo.com/　E-mail info@furansudo.com
振　替――〇〇一七〇―一―一八四一七三
装　幀――君嶋真理子
印刷所――日本ハイコム㈱
製本所――三修紙工㈱
定　価――本体二六〇〇円+税
ISBN978-4-7814-1621-2 C0092 ¥2600E